O papel de parede amarelo

Charlotte Perkins Gilman

O papel de parede amarelo

APRESENTAÇÃO DE
Marcia Tiburi

Tradução
DIOGO HENRIQUES

12ª edição

Rio de Janeiro, 2024

Copyright © Originalmente publicado em inglês com o título: *The Yellow Wallpapper by Charlotte Perkins Gilman*. Publicado pela Feminist Press, Nova York, NY, 1996
Posfácio e notas © 1973 Elaine R. Hedges

Capa e ilustração de capa: Elmo Rosa
Fotografia: Clementina Maude

CIP-BRASIL. CATALOGAÇÃO NA PUBLICAÇÃO
SINDICATO NACIONAL DOS EDITORES DE LIVROS, RJ

Gilman, Charlotte Perkins, 1860-1935
G398p O papel de parede amarelo / Charlotte Perkins Gilman; 12ª ed. tradução Diogo Henriques. – 12ª ed. – Rio de Janeiro: José Olympio, 2024.

Tradução de: The yellow wallpaper
ISBN 978-85-03-01272-0

1. Conto americano. I. Henriques, Diogo. II. Título.

16-29555

CDD: 823
CDU: 821.111(73)-3

Este livro foi revisado segundo o Acordo Ortográfico da Língua Portuguesa de 1990.

Todos os direitos reservados. Proibida a reprodução, armazenamento ou transmissão de partes deste livro, através de quaisquer meios, sem prévia autorização por escrito.

Reservam-se os direitos desta tradução à
EDITORA JOSÉ OLYMPIO LTDA.
Rua Argentina, 171 – 3º andar – São Cristóvão
20921-380 – Rio de Janeiro, RJ
Tel.: (21) 2585-2000

Seja um leitor preferencial Record.
Cadastre-se no site www.record.com.br e receba informações sobre nossos lançamentos e promoções.

Atendimento e venda diretos ao leitor:
sac@record.com.br

ISBN 978-85-03-01272-0

Impresso no Brasil
2024

Apresentação

Marcia Tiburi

A política sexual da casa

Sobre *O papel de parede amarelo*, de Charlotte Perkins Gilman

Uma mulher habita, com o marido, uma casa provisória enquanto convalesce de uma doença inespecífica. Profundamente angustiada, ela não sabe exatamente por que sofre, mas irá descobrir o que precisa naquele cenário onde tudo é estranheza. A casa corresponde também à estreiteza de seu mundo, aquele das mulheres oprimidas antes que conquistas políticas, sociais e jurídicas provindas da luta feminista começassem a mudar esse estado de coisas.

Incluída no cosmos opressivo do lar para ser excluída da vida pública, à mulher resta viver confusões internas que podem levar à loucura. Em segredo, ela escreve um diário que nos revela a intimidade de seus pensamentos. Por meio da curiosa e inquietante meditação experimentada por ela, fica evidente que a interioridade da casa onde ela habita é análoga à interioridade de si, lugar no qual agora estamos situadas nós, que lemos sua história.

É o pensamento incessante, típico dos clássicos estados melancólicos, muitas vezes altamente poéticos, o que define o clima do clássico conto O *papel de parede amarelo*, de Charlotte Perkins Gilman, publicado em 1892, quando ela contava 32 anos. É o pensamento como insistente ato do espírito que se ocupa em compreender o sentido do próprio sofrimento, que nos aproxima ainda hoje da protagonista da história contada por Gilman quando percebemos que, para muitas mulheres, talvez para a maioria delas, a estranheza e a estreiteza da vida privada sejam condenações das quais não se possa escapar sem muito sofrimento.

Charlotte Gilman participou concretamente da busca por direitos para as mulheres até sua morte em 1935. Nos anos 70, sua obra foi redescoberta pelo movimento feminista norte-americano, e o conto do papel de parede amarelo passou a ser uma espécie de bandeira feminista. Muitas estudiosas falam do caráter autobiográfico desse conto, e nós que o lemos, hoje em dia, quando consideramos as diversas gerações feministas, ficamos mais ou menos perplexas com suas metáforas, dependendo de nosso grau de relação com as questões nele apresentadas.

A heroína do conto está entregue ao sofrimento psíquico. O marido, investido da posição de senhor e guia, controla o estado mental e físico da esposa. Médico, ele representa a ciência, o mundo racional, contraposto à irracionalidade da histeria, da qual a heroína seria portadora em "grau leve". A perspectiva do homem de ciência, sujeito do autoritário princípio da identidade que define e explica a experiência do outro, sem imaginar que o outro vive uma experiência própria, está em cena na estigmatização da histeria como uma doença feminina. Mas nossa personagem melancólica tem suas formas particulares de se interrogar sobre o mundo e sabe das limitações da perspectiva do marido; aliás, um homem amoroso, ainda que, como um marido daquele tempo, seja seu senhor, aquele que tem o poder de explicá-la. A palavra do saber e a palavra do amor desse sujeito amenizam o caráter senhoril e autoritário sob o qual a mulher se torna o frágil objeto do conhecimento e do desejo. A protagonista não se rende à ciência e ao marido e busca sua experiência mais íntima, mais interna, por meio da escrita, da qual está proibida por razões médicas que somente hoje podem nos parecer insinceras. Talvez o mal-estar da heroína venha também da máscara de seu sábio e amoroso marido, que ela de algum modo intui, sem ter como removê-la.

É o ponto de vista do saber e do amor desse marido sujeito da ciência — e do poder — que constrói a mulher como uma figura doente. A histeria como doença feminina é a ideologia do homem no contexto de uma evidente política sexual. Nesse contexto, a invalidez da mulher é um fator necessário para o bom funcionamento do controle a ser exercido sobre ela.

Mas nada está sob controle. Um padrão de desenho anormal no rasgado e esfolado papel de parede no quarto infantil onde ela é alojada nos faz pensar que tudo seria diferente se estivesse sozinha e pudesse escrever. Ela escaparia da política sexual que lhe impõe o papel de mulher e, como tal, de doente. Mas não há essa alternativa para aquela forma de vida confinada pelo casamento, da qual a casa vem a ser a metáfora de uma prisão sem igual, mas de precedentes conhecidos por todas as mulheres. A heroína lê esse papel de parede e o interpreta e, de certo modo, busca por uma saída.

Ora, toda mulher conhece o papel de parede amarelo e seu bizarro padrão. Muitas o rasgam e saem de dentro dele num ato de transgressão cujo preço é conhecido. Contemplá-lo e rasgá-lo são atos de desconstrução que podem levar além da casa. Sair dela continua não sendo fácil, mas é o convite que Gilman, em seu generoso gesto literário, nos faz ainda hoje.

O papel de parede amarelo

É muito raro que pessoas comuns, como John e eu, consigam alugar propriedades ancestrais para o verão.

Uma mansão colonial, uma herdade, eu diria mesmo uma casa assombrada, e galgaria o ápice da felicidade romântica — mas isso seria pedir demais do destino!

De todo modo, digo com orgulho que há algo estranho nela.

Do contrário, por que a teriam alugado por tão pouco? E por que teria ficado desocupada por tanto tempo?

John ri de mim, é claro, mas isso é de se esperar no casamento.

John é prático ao extremo. Não tem paciência para questões de fé, nutre um imenso horror à superstição e zomba abertamente de qualquer conversa sobre coisas que não podem ser vistas nem sentidas nem traduzidas em números.

John é médico, e *talvez* — (eu não o diria a vivalma, é claro, mas segredar apenas ao papel já é um grande alívio para minha mente) —, talvez seja por isso que não me recupero mais rápido.

O fato é que ele não acredita que estou doente!

E o que se pode fazer?

Se um médico de renome, que vem a ser seu próprio marido, assegura aos amigos e parentes que não se passa nada de grave, que se trata apenas de uma depressão nervosa passageira — uma ligeira propensão à histeria —, o que se pode fazer?

Meu irmão também é médico, e também de renome, e diz o mesmo.

Assim, tomo fosfatos ou fosfitos — não sei ao certo —, e tônicos e ar fresco e dou caminhadas e faço exercícios e estou absolutamente proibida de "trabalhar" até me restabelecer.

Em particular, discordo da opinião deles.

Em particular, acredito que um trabalho adequado, com estímulos e variedade, iria me fazer bem.

Mas o que se pode fazer?

Apesar deles, escrevi durante um tempo; mas isso *de fato* me deixa exausta — ter que ser tão furtiva, ou então enfrentar forte oposição.

Às vezes imagino que, na minha condição, se tivesse menos contrariedades e mais convívio social e estímulos... mas John diz que a pior coisa que posso fazer é pensar na minha condição, e confesso que sempre que faço isso me sinto mal.

Então vou deixar essa questão de lado e falar sobre a casa.

Que lugar maravilhoso! É bastante isolado e afastado da estrada, a cerca de cinco quilômetros da aldeia. Remete-me às propriedades inglesas sobre as quais lemos nos livros, pois tem sebes e muros e portões que podem ser trancados, e várias casinhas separadas para os jardineiros e os outros.

E que jardim *delicioso*! Nunca vi um jardim como esse — amplo e sombreado, repleto de trilhas margeadas por arbustos e vinhas com banquinhos sob elas.

Havia estufas também, mas agora estão todas destruídas.

Pelo visto houve algum problema legal, alguma coisa sobre herdeiros e co-herdeiros; de qualquer forma, o lugar estava vazio havia anos.

Receio que isso estrague um pouco a minha fantasmagoria, mas não me importo — há algo estranho nesta casa, posso sentir.

Cheguei a falar sobre isso com John, numa noite de lua, mas ele disse que o que eu estava sentindo era uma *corrente de ar*, e fechou a janela.

Às vezes tenho uma raiva irracional de John. Estou certa de que não era tão sensível antes. Acho que isso tem a ver com meus nervos.

Mas John diz que, se me sinto assim, acabarei perdendo o autocontrole — portanto, faço um esforço para me conter, ao menos diante dele, e isso me deixa muito cansada.

Não gosto nem um pouco do nosso quarto. Queria um no térreo, que desse para a varanda, rosas por toda a janela e cortinas de chintz à moda antiga! Mas John não quis nem ouvir falar do assunto.

Disse que havia apenas uma janela e espaço insuficiente para duas camas, e nenhum cômodo próximo, caso ele precisasse de outro.

John é muito atencioso e amável, não permite que eu dê um passo sequer sem instruções especiais.

Tenho uma agenda com prescrições para cada hora do dia; ele se ocupa por completo dos meus cuidados, e, portanto, sinto-me uma ingrata por não lhe dar mais valor.

Ele disse que só viemos para cá por minha causa, que preciso de repouso absoluto e de todo o ar fresco que me for possível. "Os exercícios dependem da força, querida", disse ele, "e a comida, de certa forma, do apetite; mas o ar pode ser respirado o tempo todo." Assim, ficamos com o quarto infantil no andar de cima.

Trata-se de um quarto amplo e arejado que ocupa quase todo o andar, com janelas por toda a volta e abundância de ar e luz. Creio que a princípio foi um quarto infantil, depois sala de brinquedos e ginásio, pois as janelas são gradeadas e há argolas e coisas do tipo nas paredes.

A tinta e o papel de parede dão a impressão de que funcionou aqui uma escola para meninos. Grandes pedaços do papel foram arrancados acima da cama, até onde consigo alcançar, e também do outro lado do quarto, perto do chão. Nunca na vida vi um papel tão feio.

Um desses padrões irregulares e exagerados que cometem todo tipo de pecado artístico.

É esmaecido o bastante para confundir o olho que o segue, intenso o bastante para o tempo todo irritar e incitar seu exame, e, quando seguimos por um tempo suas curvas imperfeitas e duvidosas, elas de súbito cometem suicídio — afundam-se em ângulos deploráveis, aniquilam-se em contradições inconcebíveis.

A cor é repulsiva, quase revoltante; um amarelo enfumaçado e sujo, estranhamente desbotado pela luz do sol, em seu lento transladar.

Em alguns pontos, é de um alaranjado pálido e desagradável; em outros, de um tom sulfuroso e enjoativo.

Não espanta que as crianças o odiassem! Eu mesma o odiaria se tivesse de viver muito tempo neste quarto.

Lá vem John; preciso pôr isto de lado — ele detesta que eu escreva.

Faz duas semanas que estamos aqui e não tive vontade de escrever desde aquele primeiro dia.

Agora estou sentada junto à janela, neste atroz quarto infantil, e não há nada que me impeça de escrever o quanto queira, exceto a ausência de forças.

John fica fora o dia todo, às vezes também à noite, quando os casos são mais graves.

Fico contente que meu caso não seja grave!

Mas esses problemas dos nervos são terrivelmente deprimentes.

John não faz ideia do quanto realmente sofro. Ele sabe que não há *razão* para eu estar sofrendo, e isto o satisfaz.

Claro que é apenas uma questão de nervos. Fico tão triste de não poder cumprir meus deveres!

Queria tanto ajudar John, ser para ele uma fonte de apoio e conforto, e, no entanto, eis-me aqui, convertida num fardo!

Ninguém acreditaria no quanto me custa fazer o pouco de que sou capaz: vestir-me, receber visitas e encomendar coisas.

É uma sorte que Mary seja tão boa com o bebê. Um bebê tão querido!

E, no entanto, *não posso* estar com ele, fico tão nervosa.

Imagino que John nunca tenha ficado nervoso na vida. Ele ri tanto de mim por causa desse papel de parede!

A princípio pensou em trocá-lo, mas em seguida afirmou que eu estava me deixando incomodar demais por ele, e que não havia nada pior para um doente dos nervos do que entregar-se a tais fantasias.

Ele disse que depois de trocar o papel de parede o problema passaria a ser a pesada armação da cama, depois as janelas gradeadas, depois o portão no topo da escada, e assim por diante.

"Você sabe que este lugar está lhe fazendo bem", disse. "E, francamente, querida, não vale a pena reformar uma casa que alugamos por apenas três meses."

"Então vamos lá para baixo", pedi. "Há cômodos tão bonitos."

Daí ele me tomou nos braços e me chamou de tolinha, e disse que se fosse meu desejo poderia descer até o porão e caiar as paredes.

Mas ele tem razão sobre as camas e as janelas e as outras coisas.

O quarto é tão arejado e confortável quanto se poderia desejar, e, naturalmente, eu não seria tola a ponto de me indispor com John apenas por um capricho.

Na verdade, estou começando a me afeiçoar a este quarto, exceto pelo medonho papel de parede.

De uma das janelas posso ver o jardim, os misteriosos caramanchões repletos de sombra, as flores exuberantes e de outra época, os arbustos e árvores retorcidas.

De outra janela tenho uma adorável vista da baía e do pequeno cais particular da propriedade. Uma bela alameda sombreada leva da casa até lá. Fico sempre imaginando pessoas a caminhar por todos esses caramanchões e alamedas, mas John me advertiu a não me entregar a tais devaneios. Ele disse que, com o poder de imaginação que tenho e meu hábito de inventar histórias, uma debilidade dos nervos como a minha só pode resultar em fantasias exaltadas, e que devo usar minha força de vontade e meu bom senso para controlar essa propensão. É o que tento fazer.

Às vezes tenho a impressão de que, se ao menos me sentisse bem o suficiente para escrever um pouco, isso aliviaria minha confusão de ideias e me traria algum descanso.

Mas, sempre que tento, acabo ficando bastante cansada.

É tão desanimador não ter ninguém para me dar conselhos ou acompanhar meu trabalho. Quando eu estiver melhor, John diz que vamos convidar o primo Henry e Julia para uma longa visita; mas diz também que preferiria pôr fogos de artifício sob meu travesseiro a permitir que eu desfrute de companhias tão estimulantes neste momento.

Como seria bom se eu me recuperasse mais depressa.

Mas não devo pensar nisso. Esse papel de parede olha para mim como se *soubesse* da terrível influência que exerce!

Há nele um ponto recorrente em que o padrão se dobra como um pescoço partido e dois olhos bulbosos olham para você em completa confusão.

Fico muito zangada com sua impertinência e tenacidade. Esses olhos absurdos, que olham para mim sem pestanejar, avançam por toda parte, para cima, para baixo e para os lados. Há um ponto no qual duas folhas não se encaixam bem, e os olhos percorrem toda a linha, de cima a baixo, um ligeiramente mais alto do que o outro.

Nunca vi tanta expressão em uma coisa inanimada, e todos sabemos quanta expressão essas coisas têm! Quando criança, eu costumava ficar deitada acordada, e encontrava mais diversão e terror em paredes vazias e móveis simples do que a maioria das crianças encontraria em uma loja de brinquedos.

Lembro-me de como era simpática a piscadela dos puxadores de nossa grande e velha cômoda, e havia ainda uma cadeira que a mim sempre pareceu um amigo zeloso.

Quando todas as outras coisas pareciam ameaçadoras demais, eu sentia que era sempre possível saltar naquela cadeira e me pôr a salvo.

A mobília nesse quarto, porém, carece de harmonia, pois tivemos de trazê-la do andar de baixo. Acho que tiveram de tirar todas as coisas do quarto quando ele funcionava como sala de brinquedos, e isso não me espanta! Nunca vi tanta destruição quanto a que as crianças provocaram aqui.

O papel de parede, como já disse, foi arrancado em vários pontos, mesmo a cola sendo forte — além de ódio, elas devem ter tido muita perseverança.

O piso, por sua vez, está cheio de riscos, sulcos e farpas, o próprio reboco foi arrancado aqui e ali, e a cama enorme e pesada, que foi tudo que encontramos no quarto, parece uma sobrevivente de guerra.

Mas não me importo com nada disso — apenas com o papel.

Lá vem a irmã de John. Ela é tão querida, tão atenciosa comigo. Não posso permitir que me veja escrevendo.

Ela é uma dona de casa primorosa e entusiasmada e não aspira a uma ocupação melhor. Não tenho dúvidas de que ela pensa que foi a escrita que me deixou doente!

Mas posso escrever quando ela está fora e vê-la a uma grande distância dessas janelas.

Uma delas dá para a estrada, uma estrada sinuosa, agradável e cheia de sombra, e outra tem vista para o campo. Um campo também agradável, repleto de olmos e prados aveludados.

Esse papel de parede tem uma espécie de subpadrão em um tom diferente e particularmente irritante, pois só é possível vê-lo sob determinada luz, e mesmo assim sem muita clareza.

Nos pontos em que não está desbotado e onde a luz é adequada, porém, posso ver uma espécie de figura disforme, estranha e provocadora, que parece esgueirar-se por trás do desenho tolo e chamativo em primeiro plano.

Lá vem a irmã de John pela escada!

Bem, o Quatro de Julho chegou ao fim! As pessoas foram embora, e estou exausta. John pensou que um pouco de companhia poderia me fazer bem, então mamãe, Nellie e as crianças vieram passar uma semana conosco.

É claro que não precisei fazer nada. Jennie agora cuida de tudo.

Mas ainda assim fiquei exausta.

John diz que se eu não me recuperar depressa vai me mandar para Weir Mitchell no outono.

Mas não tenho nenhuma intenção de fazer isso. Uma amiga que passou pelas mãos dele diz que ele é igual a John e a meu irmão, só que pior!

Além do mais, seria um grande incômodo ir para tão longe.

Tenho a impressão de que não vale a pena esforçar-me por nada, e estou ficando terrivelmente impaciente e lamuriosa.

Choro por qualquer coisa, e a maior parte do tempo.

Naturalmente, não faço isso quando John ou qualquer outra pessoa está por perto, apenas quando estou sozinha.

E agora passo muito tempo sozinha. Com frequência John fica retido na cidade por conta de pacientes mais graves, e Jennie é boa para mim e permite que eu fique sozinha quando quero.

Assim, passeio um pouco pelo jardim ou por aquela agradável alameda, sento-me à varanda sob as roseiras e fico deitada aqui em cima durante boa parte do tempo.

Estou começando a me afeiçoar ao quarto, apesar do papel de parede. Talvez *por causa* dele.

Ele ocupa a minha mente!

Fico aqui deitada nesta imensa cama que não se mexe — acho que está pregada — e passo horas seguindo o padrão. Garanto que é tão bom quanto fazer exercícios. Começo, digamos, pela parte de baixo, naquele canto intocado logo ali, e decido pela milésima vez que *seguirei* o desenho sem sentido até chegar a alguma espécie de conclusão.

Tenho um certo conhecimento dos fundamentos do desenho e sei que este padrão não foi concebido segundo as leis de encaixe, ou de alternância, ou de repetição ou de simetria, ou de qualquer outra coisa de que tenha ouvido falar.

Ele se repete, é claro, ao longo da largura, mas de nenhuma outra maneira.

A depender de como se olha para elas, cada folha parece independente, as curvas e os floreios — uma espécie de "românico degradado" com *delirium tremens* — subindo e descendo em isoladas colunas de fatuidade.

Por outro lado, porém, elas se conectam na diagonal, e os contornos dispersos alastram-se em grandes ondas de horror ótico, como uma profusão de algas marinhas flutuando em plena fuga.

O mesmo acontece na horizontal, ou assim parece, e fico exausta conforme tento distinguir a ordem do movimento nessa direção.

Uma folha foi usada na horizontal, à guisa de friso, o que só faz aumentar a confusão.

Há um canto onde o papel permanece quase intacto, e ali, quando esmorecem as luzes que se cruzam durante o dia e o sol baixo incide diretamente, posso no fim das contas quase imaginar a radiação — os desenhos grotescos e intermináveis parecem formar-se em torno de um centro comum e precipitar-se em mergulhos de cabeça igualmente perturbados.

    Segui-los me deixa cansada. Acho que vou tirar um cochilo.

Não sei por que escrevo isto.

Não é algo que eu queira fazer.

Não me sinto capaz.

E sei que John acharia um absurdo. Mas *tenho que* expressar de alguma forma o que sinto e penso — é um alívio tão grande!

O esforço, contudo, está se tornando maior do que o alívio.

Agora, na maior parte do tempo, sinto uma preguiça terrível, e me deito com muita frequência.

John diz que não devo perder as forças e me faz tomar óleo de fígado de bacalhau e muitos tônicos e afins, para não falar de cerveja e vinho e carne malpassada.

Querido John! Ele me adora, e detesta quando fico doente. Outro dia, tentei ter uma conversa franca e sensata com ele, e dizer o quanto gostaria que me permitisse fazer uma visita ao primo Henry e à Julia.

Mas ele disse que eu não estava em condições de ir, nem de suportar a visita quando chegasse lá; e a verdade é que não consegui apresentar muito bem as minhas razões, porque estava chorando antes mesmo de terminar.

Está cada vez mais difícil pensar direito. Acho que é essa debilidade dos nervos.

E meu querido John apenas me tomou nos braços, levou-me para cima, deitou-me na cama, e sentou-se ao meu lado e leu para mim até minha mente ficar cansada.

Disse que eu era sua amada, seu consolo e tudo que ele tinha, e que devo cuidar de mim mesma por amor a ele e manter-me saudável.

Ele diz que ninguém além de mim pode me ajudar a sair deste estado; que devo usar minha força de vontade e meu autocontrole e não me entregar a fantasias tolas.

Tenho apenas um consolo: o bebê está saudável e feliz, e não precisa ocupar este quarto infantil com seu horrendo papel de parede.

Se não o tivéssemos ocupado, a abençoada criança estaria aqui! Que sorte ela teve! Bem, eu não gostaria que um filho meu, uma coisinha impressionável, vivesse num quarto assim, por nada neste mundo.

Nunca pensei nisso antes, mas é uma sorte que John tenha me instalado aqui, apesar de tudo. Posso suportar este quarto muito melhor do que um bebê, não é?

É claro que agora não comento isso com ninguém — não sou tola a esse ponto. De todo modo, estou sempre alerta.

Há coisas nesse papel que só eu sei, e que ninguém mais virá a saber.

Para além do padrão em primeiro plano, as formas apagadas ficam mais claras a cada dia.

É sempre a mesma forma, só que muito repetida.

Parece uma mulher inclinada para a frente, rastejando em segundo plano. Não gosto disso nem um pouco. Fico imaginando... Começo a pensar... Como seria bom se John me levasse embora daqui!

É muito difícil falar com John sobre o meu caso, porque ele é tão inteligente e me ama tanto.

Mas fiz uma tentativa ontem à noite.

Havia lua. A lua brilha por todos os lados, assim como o sol.

Por vezes detesto vê-la. Ela se move tão devagar, e sempre entra por uma janela ou outra.

John estava dormindo, e detesto acordá-lo, por isso fiquei quieta observando o luar no papel de parede ondulante até que tive medo.

A figura apagada em segundo plano parecia sacudir o padrão, como se quisesse sair.

Levantei-me sem fazer barulho e fui ver e sentir se o papel *havia* se mexido, e, quando voltei para a cama, John estava acordado.

"O que foi, minha menina?", disse ele. "Não fique andando por aí desse jeito, ou vai se resfriar."

Pensei que era um bom momento para uma conversa, então disse a ele que não estava melhorando nada aqui e que desejava que ele me levasse embora.

"Por que, minha querida?", perguntou. "Nosso aluguel só vence daqui a três semanas, e não vejo motivo para irmos embora. Os consertos lá em casa ainda não terminaram, e no momento não posso deixar a cidade. É claro que eu faria isso se você estivesse correndo qualquer tipo de perigo, mas você está realmente melhor, ainda que não perceba. Sei do que estou falando, querida, sou médico. Você está ganhando peso e cor, seu apetite melhorou, sinto-me muito mais tranquilo a seu respeito."

"Não ganhei peso nenhum", respondi, "e meu apetite talvez seja melhor à noite, quando você está aqui, mas piora pela manhã, depois que você sai!"

"Pobrezinha!", disse John, abraçando-me com força. "Pode ficar doente o quanto quiser! Mas agora vamos dormir, para podermos aproveitar as horas de sol. Falaremos sobre isso pela manhã!"

"Então você não quer ir embora?", perguntei, triste.

"Ora, como poderia, querida? São apenas mais três semanas, depois faremos uma pequena e agradável viagem durante alguns dias, enquanto Jennie termina de arrumar a casa. Estou falando sério, querida, você está melhor!"

"Talvez fisicamente...", comecei, mas logo me interrompi, porque ele se endireitou e lançou-me um olhar tão severo e repreensivo que não pude dizer mais uma palavra sequer.

"Minha querida", disse John. "Eu lhe imploro, pelo amor que tem a mim e ao nosso bebê, pelo amor que tem a si mesma, que nem por um momento permita que essa ideia lhe entre na cabeça! Não há nada tão perigoso, tão fascinante, para um temperamento como o seu. Trata-se de uma ideia falsa e tola. Não confia em minha palavra de médico?"

Assim, é claro, não toquei mais no assunto, e sem demora fomos dormir. John deve ter pensado que adormeci primeiro, mas na verdade fiquei acordada durante horas, tentando determinar se os padrões em primeiro e segundo plano de fato se moviam juntos ou separadamente.

Em um padrão como esse, à luz do dia, há uma falta de sequência, um desafio às leis, que é uma constante irritação para uma mente normal.

A cor já é medonha o bastante, duvidosa o bastante e enfurecedora o bastante, mas o padrão é torturante.

Justo quando pensamos tê-lo decifrado, ao avançarmos por sua sequência, ele dá um salto-mortal para trás e nos faz voltar ao princípio. Dá-nos um tapa na cara, lança-nos ao chão e nos pisoteia. É como um pesadelo.

O padrão em primeiro plano é um arabesco florido, que faz lembrar um fungo. Pense em um cogumelo articulado, numa interminável fileira de cogumelos desabrochando e crescendo em convoluções infinitas — é mais ou menos isso.

Quero dizer, às vezes!

Há nesse papel uma peculiaridade marcante, algo que ninguém além de mim parece notar, que é o fato de que ele muda conforme muda a luz.

Quando o sol desponta pela janela a leste — sempre observo a aparição desse primeiro e longo raio —, a mudança é tão rápida que mal posso crer.

É por isso que sempre o observo.

Sob a luz da lua — que brilha a noite toda quando é visível no firmamento —, eu jamais diria tratar-se do mesmo papel.

À noite, sob qualquer tipo de luz — à luz do crepúsculo, à luz de velas, à luz de lampiões ou à luz da lua, que é a pior —, transforma-se em grades! Estou falando aqui do padrão em primeiro plano, e a mulher que se esconde por trás dele torna-se tão evidente quanto pode ser.

Por muito tempo fui incapaz de distinguir o que era aquela coisa em segundo plano, aquele subpadrão indistinto, mas agora estou bastante certa de que se trata de uma mulher.

Durante o dia ela é discreta, calada. Imagino que seja o padrão que a mantenha tão quieta. É intrigante. Faz com que eu fique quieta durante horas.

Agora passo muito tempo deitada. John diz que é bom para mim, que devo dormir o máximo que puder.

Na verdade adquiri o hábito por causa dele, porque ele me obrigava a dormir por uma hora depois de cada refeição.

Estou convencida de que é um hábito ruim, pois a verdade é que não durmo.

E isso instiga a mentira, porque não digo a ninguém que estou acordada... Nem pensar!

A verdade é que estou ficando com um pouco de medo de John.

Ele às vezes parece muito estranho, e mesmo Jennie tem um olhar inexplicável.

De vez em quando penso, como se fosse uma hipótese científica, que talvez seja o papel!

Em mais de uma ocasião, ao entrar subitamente no quarto, sob os mais inocentes pretextos, e sem que ele se desse conta de que eu o estava observando, flagrei John *olhando para o papel*! E Jennie também. Uma vez, encontrei-a com a mão no papel.

Ela não sabia que eu estava ali, e quando lhe perguntei, com a voz serena, muito tranquila, da maneira mais comedida possível, o que estava fazendo com o papel, ela se virou como se tivesse sido pega roubando e ficou muito zangada... e me perguntou por que eu a assustara daquele jeito!

Em seguida, disse que o papel manchava tudo que entrava em contato com ele, que tinha encontrado manchas amarelas em todas as minhas roupas e nas de John também, e que gostaria que fôssemos mais cuidadosos!

Não parece uma desculpa inocente? Mas sei que ela estava estudando o padrão, e estou decidida a que ninguém o decifre senão eu!

A vida é agora muito mais interessante. E isso porque tenho algo mais por que esperar, algo em que pensar, algo para vigiar. De fato me alimento melhor e tenho andado mais tranquila.

John está tão contente em ver minha melhora! Outro dia ele riu e disse que eu parecia florescer, apesar do papel de parede.

Ri também, interrompendo-o. Não tinha a menor intenção de dizer a ele que era *por causa* do papel de parede — ele zombaria de mim. Talvez até quisesse me levar embora.

Mas não quero mais ir embora até decifrar o padrão. Temos ainda uma semana, acho que vai ser suficiente.

Estou me sentindo cada vez melhor! Não durmo muito durante a noite, pois é interessante demais observar os desdobramentos; durante o dia, porém, durmo bastante tempo.

Durante o dia, é cansativo e desconcertante.

Há sempre novos brotos no fungo, e novos tons de amarelo por todo o padrão. Não sou capaz de computá-los, embora o tenha tentado diligentemente.

Que amarelo mais estranho o desse papel! Faz-me pensar em todas as coisas amarelas que já vi — não as belas, como os ranúnculos, mas as velhas, repugnantes e vis.

Há outra coisa a respeito dele — o cheiro! Percebi-o no momento em que viemos para o quarto, mas com todo o ar fresco e toda a luz não era tão ruim. Agora tivemos uma semana de nevoeiro e chuva e, quer as janelas estejam abertas, quer não, o cheiro está sempre presente.

Ele se espalha por toda a casa.

Posso senti-lo na sala de jantar, esgueirando-se pelo salão, escondendo-se no vestíbulo, aguardando-me na escada.

Ele penetra em meus cabelos.

Mesmo quando saio a cavalo, se viro a cabeça de repente, acabo por surpreendê-lo — lá está o cheiro!

E que odor peculiar! Passei horas tentando analisá-lo, tentando descobrir com o que se parece.

Não é ruim, a princípio. É muito suave. Mas é o odor mais sutil e persistente que já conheci.

Neste tempo úmido é horrível, acordo à noite e o percebo pairando sobre mim.

No início fiquei incomodada. Pensei seriamente em atear fogo à casa — para destruir o cheiro.

Mas agora já me acostumei. A única coisa que consigo pensar é que se parece com a *cor* do papel! Um cheiro amarelo.

Há uma marca muito curiosa nesta parede, na parte de baixo, junto ao rodapé. Um risco que percorre todo o quarto, passando por trás de todos os móveis, exceto da cama. É comprido, retilíneo e *borrado* como se alguém o tivesse tentado apagar repetidamente.

Fico imaginando como foi feita e quem a fez e por quê. São voltas e voltas e voltas — voltas e voltas e voltas. Chego a ficar tonta!

Finalmente descobri uma coisa.

Depois de muitas noites observando — é à noite que o padrão mais se transforma —, finalmente descobri.

O padrão em primeiro plano *de fato* se move... e não é de surpreender! A mulher ao fundo o balança!

Às vezes tenho a impressão de que são muitas mulheres, às vezes apenas uma, e ela rasteja a toda velocidade, e seu rastejar faz com que tudo balance.

Nos pontos mais iluminados ela se mantém quieta, e nos pontos mais sombrios segura as grades e as sacode com força.

E o tempo todo tenta escapar. Mas não há quem consiga atravessar esse padrão — ele é asfixiante; acho que é por isso que tem tantas cabeças.

Assim que elas conseguem atravessar, o padrão as estrangula e as vira de cabeça para baixo, e faz com que seus olhos fiquem brancos!

Se essas cabeças fossem cobertas ou removidas não seria tão ruim.

Acho que essa mulher sai durante o dia!

E em segredo lhes digo por que — eu a vi!

Posso vê-la de cada janela deste quarto!

Sei que é a mesma mulher, porque está sempre rastejando, e a maior parte das mulheres não rasteja durante o dia.

Posso vê-la na longa alameda sombreada, rastejando para cima e para baixo. Posso vê-la sob as vinhas, rastejando por todo o jardim.

Posso vê-la na longa estrada sob as árvores, e quando passa uma carruagem ela se esconde sob as amoreiras.

Não a culpo nem um pouco. Deve ser muito humilhante ser flagrada rastejando à luz do dia!

Sempre tranco a porta quando rastejo durante o dia. Não posso rastejar durante a noite, pois sei que John imediatamente suspeitaria de alguma coisa.

E John tem andado tão estranho que prefiro não o irritar. Gostaria que ele fosse para outro quarto! Além do mais, não quero que ninguém além de mim ajude essa mulher a se libertar.

Muitas vezes, imagino se conseguiria vê-la de todas as janelas ao mesmo tempo.

No entanto, por mais rápido que me vire, só consigo vê-la de uma janela de cada vez.

E, ainda que sempre a veja, *talvez* ela rasteje mais rápido do que consigo me virar!

Já a observei, algumas vezes, lá longe, em campo aberto, rastejando tão depressa quanto a sombra de uma nuvem sob vento forte.

Se ao menos o padrão em primeiro plano pudesse ser removido de cima do subpadrão! Tenho a intenção de tentá-lo, pouco a pouco.

Descobri outra coisa curiosa, mas desta vez não vou contar! Não é bom confiar demais nas pessoas.

Só me restam dois dias para arrancar este papel, e creio que John está começando a perceber. Não gosto da expressão em seu olhar.

E ouvi-o fazer um monte de perguntas profissionais a Jennie sobre mim. Ela fez um relatório muito bom.

Disse que eu dormia bastante durante o dia.

John sabe que não durmo bem à noite, embora eu não me mexa!

Ele também me fez todo tipo de perguntas, e fingiu ser muito amável e gentil.

Como se eu não pudesse enxergar através dele!

De todo modo, não estranho nem um pouco seu comportamento, depois de três meses dormindo sob esse papel.

O papel só interessa a mim, mas estou certa de que John e Jennie foram secretamente afetados por ele.

Viva! Hoje é o último dia, mas por mim já basta. John deve passar a noite na cidade, mas só sai no fim do dia.

Jennie fez menção de dormir comigo — essa dissimulada! —, mas eu lhe disse que certamente descansaria melhor sozinha.

Foi uma resposta inteligente, pois na verdade eu não estava nem um pouco sozinha! Tão logo despontou a lua e a pobre mulher começou a rastejar e a sacudir o padrão, levantei-me e corri para ajudá-la.

Eu puxava e ela sacudia, eu sacudia e ela puxava, e antes que fosse manhã tínhamos arrancado metros de papel.

Uma faixa mais ou menos da altura da minha cabeça e ao longo de metade do quarto.

E então, quando veio o sol e o medonho padrão começou a rir de mim, decidi que acabaria com ele hoje mesmo!

Amanhã vamos embora, e toda a mobília do quarto será movida para o andar de baixo, onde estava quando chegamos.

Jennie olhou espantada para a parede, mas eu lhe disse alegremente que tinha feito aquilo por pura raiva da coisa odiosa.

Ela riu e disse que não se importaria de ter feito isso ela mesma, e que eu não deveria me cansar.

Como ela se traiu dessa vez!

Mas eu estou aqui, e ninguém além de mim vai tocar nesse papel — não enquanto eu *viver*!

Jennie tentou me tirar do quarto — estava tão óbvio! Mas eu disse que agora tudo estava tão calmo e vazio e limpo que eu me deitaria novamente e dormiria o máximo que pudesse; e que ela não deveria me acordar nem mesmo para o jantar — eu a chamaria, assim que despertasse.

Então agora ela se foi, e os empregados se foram, e as coisas se foram, e não sobrou nada além da grande cama pregada ao chão, com seu colchão de lona.

Hoje à noite vamos dormir no andar de baixo, e amanhã tomaremos o barco para casa.

Gosto bastante do quarto, agora que está vazio novamente.

Quanta destruição fizeram as crianças aqui!

A armação da cama está bastante corroída!

Mas tenho que pôr mãos à obra.

Tranquei a porta e joguei a chave no caminho de acesso à casa.

Não quero sair, e não quero que ninguém entre até John chegar.

Quero surpreendê-lo.

Tenho uma corda aqui em cima que nem mesmo Jennie descobriu. Se aquela mulher conseguir sair e tentar escapar, posso amarrá-la!

Mas esqueci que não posso alcançar muito longe sem ter algo em que subir.

Essa cama *não* se mexe!

Tentei levantá-la e puxá-la até perder as forças, então fiquei tão zangada que mordi um pedacinho num canto — mas machuquei os dentes.

Depois arranquei todo o papel que consegui alcançar. Ele está terrivelmente grudado, e o padrão adora isso! Todas aquelas cabeças estranguladas e olhos bulbosos e fungos bamboleantes zombam de mim!

Estou ficando tão zangada que cogito um ato desesperado. Saltar da janela seria um exercício admirável, mas as grades são fortes demais para que eu nem mesmo tente.

De todo modo, não faria isso. É claro que não. Sei muito bem que um ato como esse é impróprio e poderia ser mal interpretado.

Não quero sequer *olhar* pelas janelas — há tantas mulheres rastejando, e elas rastejam tão depressa!

Fico imaginando: e se todas saírem do papel de parede como eu saí?

Mas agora estou bem atada à minha corda bem escondida — não serei *eu* a parar na estrada lá embaixo!

Acho que vou ter que voltar para trás do padrão quando vier a noite, e isso é difícil!

É tão agradável estar neste grande quarto e rastejar a meu bel-prazer!

Não quero ir lá fora. Não vou fazer isso, mesmo que Jennie me peça.

Pois lá fora é preciso rastejar pela terra, e tudo é verde em vez de amarelo.

Aqui, porém, posso rastejar sem esforço pelo chão, e meu ombro se encaixa perfeitamente naquela grande mancha ao longo da parede, então não posso me perder.

Ora, John está à porta!

Não adianta, meu rapaz, você não vai conseguir abri-la!

Como ele grita, como ele esmurra!

Agora ele está berrando para que alguém traga um machado.

Seria uma lástima, quebrar esta bela porta!

"John, querido", disse eu, com minha voz mais doce, "a chave está lá fora, perto dos degraus da entrada, debaixo de uma folha de bananeira!"

Isto o fez ficar em silêncio por alguns momentos.

Depois disse, muito tranquilo:

"Abra a porta, querida!"

"Não posso", respondi. "A chave está lá fora, perto dos degraus da entrada, debaixo de uma folha de bananeira!"

E depois voltei a repeti-lo, várias e várias vezes, sem pressa e com ternura, até que ele foi lá ver, e naturalmente encontrou a chave e entrou. Parou a um passo da soleira.

"O que houve?", gritou. "Pelo amor de Deus, o que você está fazendo?!"

Ainda rastejando, olhei para ele por cima do ombro.

"Finalmente consegui sair", respondi, "apesar de você e de Jane! E arranquei a maior parte do papel, então você não vai poder me colocar de volta!"

Ora, que razão teria aquele homem para desmaiar? Mas o fato é que desmaiou, e bem ao lado da parede, no meio do meu caminho, de modo que tive que rastejar por cima dele todas as vezes!

Posfácio

Elaine R. Hedges

O papel de parede amarelo é uma pequena obra-prima da literatura. Por quase cinquenta anos, permaneceu negligenciado, bem como sua autora, uma das mais proeminentes feministas de seu tempo. Hoje, com o recrudescimento do movimento feminista, Charlotte Perkins Gilman está sendo redescoberta, e *O papel de parede amarelo* tem sua parcela nesse redescobrimento. A história do colapso mental de uma mulher, narrada com suprema precisão psicológica e dramática, é, segundo afirmou, em 1920, o escritor, dramaturgo e crítico literário William Dean Howells, uma narrativa de "gelar [...] o sangue".[1]

A história foi extraída da própria vida de Gilman, e é única no conjunto de sua obra. Embora ela tenha escrito outros contos e romances, e muitos poemas, nenhum deles jamais alcançou a força, a franqueza e a autenticidade imaginativa deste texto. A frequente intenção de polemizar tornava a ficção de Gilman seca e desajeitadamente didática; e a extraordinária pressão de prazos de publicação sob a qual trabalhava tornava a redação cuidadosa quase impossível. (Durante sete anos ela editou e publicou sua própria revista, *The Forerunner*, escrevendo quase todo o seu material — segundo suas próprias estimativas, teria escrito o equivalente a 28 livros ou um total de 21 mil palavras por mês.)

Charlotte Perkins Gilman foi uma feminista ativa e uma autora sobretudo de não

ficção: escreveu *Women and Economics* —
uma análise espirituosa e mordaz da situação
das mulheres na sociedade norte-americana,
que foi usada como texto universitário na
década de 1920 e traduzida para sete idiomas — e também muitas outras obras sobre
a situação socioeconômica das mulheres. Foi
ainda uma professora incansável e inspiradora. Seu trabalho durante a última década
do século XIX e as duas primeiras décadas do
século XX levou um historiador a dizer há
alguns anos que ela foi "a principal liderança
intelectual no movimento das mulheres nos
Estados Unidos" em sua época.[2]

Que o interesse por Gilman tenha ressurgido nos últimos tempos é algo gratificante,
e mais que justo. Nos últimos anos, várias
dissertações de mestrado e teses de doutorado foram escritas sobre ela, e *Women and
Economics* foi reeditado em 1966. A recente
aquisição de seus documentos pessoais pela
Biblioteca Schlesinger do Radcliffe College

certamente conduzirá a novas pesquisas e publicações. Mesmo *O papel de parede amarelo* ressurgiu em várias antologias. Contudo, escondido entre muitos outros textos e com frequência trazendo apenas breves informações biográficas sobre a autora, o conto não necessariamente vai encontrar nessas antologias o grande público que merece.[3]

E, no entanto, ele merece o maior público possível, uma vez que, além de lançar luz sobre os dramas pessoais — e o triunfo artístico sobre eles — de uma das principais feministas norte-americanas, é também um dos raros textos literários de uma autora do século XIX que confrontam diretamente a política sexual das relações homem-mulher, marido-esposa. Em seu tempo (e provavelmente ainda hoje, dada sua inclusão na antologia *Psychopathology and Literature*), a história foi lida basicamente como um conto de terror na tradição de Poe — e também como uma narrativa de aberração mental.

É ambas as coisas. Mas é mais do que isso. Trata-se de um documento feminista que discorre sobre a política sexual numa época em que poucos escritores ousavam abordar o tema, pelo menos não com tanta franqueza. Sete anos após sua publicação, Kate Chopin publicou O *despertar*, um romance tão franco em sua abordagem da esposa de classe média e da submissão dela esperada que afetou sua autora não só em termos de renda como também de reputação. É sintomático da época que tanto a história de Gilman quanto a de Chopin terminem com a autodestruição de suas heroínas.

Não foi fácil para Charlotte Perkins Gilman conseguir que seu conto fosse publicado. Ela primeiro o enviou a William Dean Howells, que, reconhecendo ao menos sua força e autenticidade, o recomendou a Horace Scudder, editor da *Atlantic Monthly*, então a mais prestigiosa revista dos Estados Unidos. Segundo o relato de Gilman em sua autobiografia, Scudder rejeitou o texto com um breve bilhete:

Prezada senhora,

O Sr. Howells me enviou seu conto. Eu não poderia me perdoar se fizesse outras pessoas tão infelizes quanto fiz a mim mesmo!

Atenciosamente,
H. E. Scudder[4]

Na década de 1890, os editores, sobretudo Scudder, ainda aderiam oficialmente a um cânone de "edificação moral" na literatura, e o conto de Gilman, com sua heroína reduzida no fim ao nível de um animal rastejante, dificilmente se ajustava a essa fórmula. Uma pergunta, porém, permanece: teria o ataque de Gilman aos costumes sociais — especificamente ao ideal da esposa submissa — sido percebido por Scudder e o perturbado?

O conto foi enfim publicado em janeiro de 1892 na *New England Magazine*, tendo sido recebido com sentimentos fortes, porém ambíguos. Gilman foi advertida de que histórias daquele tipo eram "material perigoso", que não deveria ser impresso em razão da ameaça que representava para os familiares de pessoas "perturbadas" como a heroína.[5] As implicações de tais advertências — isto é, que as mulheres deveriam "permanecer no seu lugar", e que nada poderia ou deveria ser feito a não ser manter o silêncio ou ocultar os problemas — são bastante claras. Aqueles que elogiaram o conto, pela representação precisa e pela delicadeza, o fizeram com base no argumento de que Gilman tinha capturado na literatura, de um ponto de vista médico, o mais "detalhado relato de insanidade incipiente".[6] A admiração de Howells pelo conto, quando ele o reeditou em 1920 na antologia *The Great Modern American Stories*, limitou-se à sua qualidade "arrepiante". Mais uma vez, porém, ninguém parece ter feito a relação entre a loucura e o sexo — ou papel sexual — da vítima, ninguém explorou as implicações da história para as relações homem-mulher no século XIX.[7]

Para apreciar plenamente essas relações, e, portanto, o significado do conto de Gilman, é necessário algum contexto biográfico. Nascida em 1860 em Connecticut, Charlotte Perkins cresceu em Rhode Island e teve uma infância e juventude difíceis. Sua mãe teve três filhos num período de três anos; uma das crianças morreu; após o nascimento da terceira, o pai abandonou a família. Charlotte disse que a vida da mãe foi "uma das mais penosamente árduas que já vi". Idolatrada quando jovem, tivera muitos pretendentes e em seguida fora abandonada à própria sorte com dois filhos, após alguns breves anos de casamento. Teriam os padrões conflitantes impostos às mulheres naquela época (e ainda hoje) — "bela do baile" *versus* dona de casa e produtora de crianças — contribuído ou mesmo sido responsáveis pela destruição de seu casamento? Gilman sugere que o pai pode ter abandonado a família depois que a mãe foi informada de um possível risco de morte em caso de nova gravidez.[8] De todo modo, o efeito que o fim do casamento teve sobre Gilman foi doloroso. Ela conta em sua autobiografia que a mãe sacrificou não só a própria necessidade de amor, como também a da filha, por conta de uma compreensível e desesperada — embora inevitavelmente autodestrutiva — necessidade de se proteger contra novas traições; ela parece ter literalmente recusado coisas tão pequenas quanto uma leve carícia física. Era sua maneira de iniciar Charlotte nos sofrimentos que a vida reservava às mulheres.

Por ter crescido sem ternura, Charlotte, talvez como resultado do tratamento que recebeu, cresceu também determinada a desenvolver sua força de vontade e a recusar derrotas. A descrição que faz de si mesma aos dezesseis anos é a de uma pessoa que herdou a "profunda tendência religiosa e o implacável senso de dever de minha mãe; o apetite intelectual de meu pai; uma força de vontade, bem desenvolvida, de ambos; uma paixão própria pelo conhecimento científico, pelas leis verdadeiras da vida; uma insaciável exigência por perfeição em tudo".[9] Esses traços seriam marcantes em sua personalidade e em seu trabalho ao longo de toda a sua vida.

"Este inverno, vou me esforçar para descobrir se sou capaz de me divertir como as outras pessoas": que ela tenha escrito algo assim aos dezessete anos é tanto um doloroso indicativo das privações de sua infância quanto um tributo à força que extraiu delas.[10] Havia herdado a tradição puritana de dever e responsabilidade típica da Nova Inglaterra: o que descreveu como o desenvolvimento de um "caráter nobre".[11] (Tinha parentesco com a notória família Beecher; Harriet Beecher

Stowe era sua tia-avó.) No geral, sua herança puritana serviu-lhe bem, mas teve também seus efeitos dolorosos, como seria visto em seu primeiro casamento.

Por volta do final da adolescência, Charlotte Perkins tinha começado a refletir seriamente sobre "as injustiças sofridas pelas mulheres".[12] Embora não estivesse em estreito contato com o movimento sufragista (com o qual nunca se associou diretamente em sua carreira posterior, por considerar seus objetivos limitados demais dentro da visão mais radical que nutria sobre a necessidade de mudança social), ela estava se tornando cada vez mais consciente dos progressos de seu tempo, como a entrada de certas moças na universidade — e o escárnio com que eram recebidas —, o crescente número de jovens mulheres na população economicamente ativa, a publicação de alguns poucos livros que analisavam de maneira crítica a instituição do casamento e a discussão um pouco mais aberta de temas como sexualidade e castidade. Começou a escrever poemas — um deles em defesa das prostitutas — e a buscar seu próprio pensamento independente. Seu compromisso era mudar um mundo que via como infeliz e confuso: ela usaria a lógica, o argumento e a demonstração; escreveria e daria palestras.

Nesse meio-tempo, conheceu Charles Stetson, um artista de Providence, Rhode Island. Fora atraída por suas habilidades artísticas, seus ideais e sua solidão — tão parecida com a dela. A história do namoro dos dois, como ela relata em sua autobiografia, é uma evidência dos efeitos que uma vida de abnegação teve sobre ela. Segundo Gilman, não houve "nenhuma reação natural de inclinação ou desejo, nenhuma dúvida do tipo 'Será que eu o amo?', apenas: 'É certo?'". Foi somente depois de muita relutância e recusa, e num momento em que Stetson se havia deparado com "uma forte decepção pessoal", que ela enfim concordou em se casar com ele.[13] Na verdade, seus motivos para se casar e suas expectativas quanto ao casamento são difíceis de estabelecer. Embora sua autobiografia saliente seu sentido de dever e piedade, aparentemente há indícios de que amor e companheirismo também estiveram envolvidos, a julgar por alguns velhos cadernos e diários preservados pela Biblioteca Schlesinger. O que está claro, porém, é que Charlotte Perkins sabia que estava diante da questão crucial que tantas mulheres do século XIX tinham de enfrentar: o casamento ou a carreira. Uma mulher "*deve* ser capaz de manter o casamento e a maternidade, e também de fazer o seu trabalho no mundo", argumentou.[14] No entanto, não estava convencida de seu próprio argumento — que modelos tinha? E seus temores de que o casamento e a maternidade pudessem incapacitá-la para seu "trabalho no mundo" acabariam por se provar verdadeiros, tanto para ela como para a maioria das mulheres em nossa sociedade.

Embora afirme ter sido feliz com o marido, que era "terno" e "dedicado" e a ajudava com o trabalho doméstico, e pelo qual sentia "a força natural da atração sexual", ela logo começou a experimentar períodos de depressão: "[...] havia algo errado desde o princípio". Segundo sua própria descrição, "uma espécie de névoa cinzenta percorria minha mente, uma nuvem que cresceu e se tornou mais escura". Ela se sentia cada vez mais fraca, insone, incapaz de trabalhar. Um ano depois do casamento, deu à luz uma filha, e um mês depois tornou-se "uma pilha de nervos", novamente em suas próprias palavras. Havia "um cansaço constante e desanimador [...] Incapacidade total. Angústia total".[15]

Parece que Charlotte Perkins Stetson se sentia aprisionada pelo papel atribuído à mulher dentro do casamento convencional do século XIX. Se o casamento significava filhos, e muitos filhos significavam ser incapaz para outros trabalhos; se ela encarava o abandono do pai e a frieza da mãe como resultado dessa armadilha sexual-marital; se via a si mesma como vítima do casamento, como a mulher interpretando o papel passivo, ela estava vendo as coisas com clareza.

Foi no contexto dessas circunstâncias conjugais, mas, mais do que isso, de sua consciência social mais ampla da situação das mulheres em seu século, que *O papel de parede amarelo* surgiu cinco anos depois. Testemunha da angústia pessoal e social de sua autora, o conto é também uma acusação ao aconselhamento médico incompetente que ela recebeu. Charlotte Perkins Stetson foi enviada para o "especialista em nervos" mais proeminente de seu tempo, o Dr. S. Weir Mitchell, da Filadélfia, e ao que parece foi o tratamento paternalista que ele lhe dispensou que a inspirou a escrever a história. O Dr. Mitchell não conseguia encaixar a Sra. Stetson em nenhuma de suas duas categorias de vítimas do que então se chamava de "prostração nervosa": empresários exaustos por conta do trabalho excessivo ou mulheres da sociedade exaustas de tanto se divertir. Sua receita para a saúde dela era que se dedicasse ao trabalho doméstico e à filha — limitando-se a no máximo duas horas de trabalho intelectual por dia. E "nunca toque uma caneta, lápis ou pincel enquanto viver".[16]

Depois de um mês no sanatório do Dr. Mitchell, Charlotte Stetson voltou para casa. Segundo seu relato, ela quase perdeu a sanidade. Como a heroína de sua história, muitas vezes "rastejava por armários remotos e sob camas — para se esconder da pressão sufocante daquela aflição profunda".[17]

Em 1887, após três anos de casamento, Charlotte Perkins Stetson e o marido concordaram com a separação e o divórcio. Era uma necessidade evidente. Quando estava longe dele — ela havia feito uma viagem à Califórnia logo após o início da doença —, se sentia saudável e recuperada. Quando voltava para a família, recomeçava a sofrer de depressão e fadiga.

Pelo resto da vida, Charlotte Perkins sofreria os efeitos desse colapso nervoso. Sua autobiografia a apresenta como uma mulher de disposição férrea, embora com frequência assolada por períodos de severa fadiga e letargia, contra as quais vivia lutando. Sua formidável produção literária e as viagens e palestras que fez nos anos subsequentes a seu primeiro casamento parecem resultar de uma parca quantidade de energia, mas energia tão zelosamente acumulada e dirigida que foi capaz de sustentá-la por mais de trinta anos.

Em 1888, Charlotte Perkins Stetson se mudou para a Califórnia, onde, lutando sozinha pela sobrevivência financeira, começou a dar palestras sobre a situação das mulheres. Os anos entre 1890 e 1894 foram, segundo recorda, os mais difíceis de sua vida. Ela estava lutando contra a opinião pública, contra uma hostilidade indisfarçável, e ao mesmo tempo ministrando palestras sobre socialismo e liberdade para as mulheres. Foi professora em uma escola, manteve uma pensão e editou jornais, o tempo todo escrevendo e dando palestras. Aceitou o novo casamento do ex-marido com sua [dela] melhor amiga, a quem confiou a filha, o que naturalmente lhe rendeu hostilidade pública ainda maior, a qual teve de combater. Em meio a esse período difícil, escreveu *O papel de parede amarelo*.

A história é narrada com precisão cirúrgica e sensibilidade estética. As frases curtas e picadas, a brevidade dos parágrafos, que muitas vezes consistem em apenas uma ou duas frases, transmitem o estado mental tenso e angustiado da narradora. O estilo cria uma tensão controlada: tudo é comedido e discreto. A postura da narradora é tudo, e de fato é muito complexa, uma vez que, em última análise, ela é louca; e, no entanto, ao longo de seu declínio para a loucura, mostra-se em muitos aspectos mais sensível do que aqueles que a cercam e a tolhem. À medida que ela conta sua história, o leitor vai adquirindo confiança na razoabilidade de seus argumentos e explicações.

A narradora é uma mulher que foi levada ao campo pelo marido em um esforço para curá-la de uma doença indefinida — uma espécie de fadiga nervosa. Embora o marido, um médico, seja apresentado como homem amável e bem-intencionado, logo fica evidente que o tratamento que confere à esposa, baseado em atitudes do século XIX em relação às mulheres, é uma fonte importante de sua aflição, e talvez um cruel instigador dela, ainda que inadvertidamente. Eis aqui uma mulher que, conforme ela mesma tenta explicar a quem quer que se disponha a ouvir, deseja muito *trabalhar*. Especificamente, deseja escrever (e a história que narra é sua desesperada e secreta tentativa tanto de se envolver em um trabalho que considera significativo quanto de preservar sua sanidade). Mas o conselho médico que ela recebe do médico/marido, do irmão, também médico, e do Dr. S. Weir Mitchell, explicitamente mencionado na história, é que não deve fazer nada. A cura que eles prescrevem é o repouso e esvaziamento total da mente. Enquanto anseia por estímulo e atividade intelectual, chegando em certo momento a expressar de forma pungente seu desejo de ter alguém "para me dar conselhos ou acompanhar meu trabalho" (desejos que poderiam ser lidos hoje como de respeito e igualdade), o que recebe é o tratamento-padrão dispensado às mulheres em uma sociedade patriarcal. Assim, o marido a vê como uma "tolinha".[18] Ela é sua "menina" e deve cuidar de si mesma por amor a ele. Seu papel é constituir "uma fonte de apoio e conforto". O fato de ele muitas vezes rir dela é apenas algo que se deve esperar em um casamento, como ela observa de maneira desolada e quase casual em determinado momento.

Apesar das súplicas, ele se recusa a levá-la embora da casa de campo que ela detesta. O que na verdade faz é escolher para ela um cômodo que servia antigamente como quarto infantil. É um quarto com janelas gradeadas, originalmente destinadas a prevenir a queda de crianças pequenas. É o quarto com o fatídico papel de parede amarelo. A própria narradora manifesta sua preferência por um quarto no andar de baixo; mas estamos em 1890 e, nas palavras de Virginia Woolf, essa esposa não tem a possibilidade de escolher "um teto todo seu". Sem essa escolha, porém, a mulher sofreu uma violação emocional e intelectual. Com efeito, o marido lhe infunde culpa. Eles foram para o campo, segundo ele, "unicamente por causa [dela]". No entanto, ele passa o dia todo fora, e muitas noites também, tratando de seus pacientes.

Assim, a mulher recorre ao subterfúgio. Com o marido, não pode ser verdadeira, mas deve representar; e isso, como ela diz, "me deixa muito cansada". Por fim, a fadiga e o subterfúgio tornam-se insuportáveis. Cada vez mais ela concentra sua atenção no papel de parede do quarto — um papel de um amarelo enjoativo que lhe desperta ao mesmo tempo aversão e fascínio. Gilman trabalha belamente o simbolismo do papel, sem ostentação. Pois, apesar de toda a elaborada descrição que dedica a ele, o papel permanece misteriosa e assustadoramente indefinido, e apenas vagamente visualizável. Mas esta, é claro, é a situação dessa mulher, que se identifica com o papel. O papel de parede simboliza sua situação tal como vista pelos homens que a controlam, e portanto sua situação tal como vista por ela mesma. Como ela pode se definir?

O papel consiste em "curvas imperfeitas e duvidosas [que] de súbito cometem suicídio — [...] aniquilam-se em contradições inconcebíveis". Apresenta também padrões sem sentido, que a narradora, no entanto, se propõe a perseguir, na tentativa de chegar a alguma conclusão. Lutando pela própria identidade, por uma percepção independente, ela observa o papel e constata que, justo quando está em via de descobrir nele algum padrão e significado, ele "dá-nos tapa na cara, lança-nos ao chão e nos pisoteia". Inevitavelmente, portanto, a narradora, aprisionada dentro do quarto, tem a impressão de discernir a figura de uma mulher por trás do papel. O papel é barrado — as listras fazem parte do seu padrão, e a mulher *está* presa atrás das barras, tentando se libertar. Em última análise, no estado perturbado da narradora, há várias mulheres por trás das barras padronizadas, todas tentando se libertar.

Considerando a mórbida situação social que o papel de parede passou agora a simbolizar, não espanta que a narradora comece a vê-lo como algo que mancha tudo que toca. Seu amarelo enjoativo, imagina ela, estende-se pelas roupas do marido e também pelas suas.

Mas essa mulher, que no curso da narrativa passamos a conhecer tão intimamente e a admirar por seus heroicos esforços para preservar a sanidade, apesar de toda a oposição, nunca chega de fato a se libertar. Suas intuições e tentativas desesperadas de definir e assim curar a si mesma, ao traçar o padrão desconcertante do papel e decifrar seu significado, são armas insignificantes contra a certeza masculina do marido, cuja atitude em relação a ela é chamá-la de "pobrezinha!" e dar-lhe sua *permissão* para que fique "doente o quanto quiser".

Assim, não ficamos surpresos ao descobrir, ao final do conto, que a narradora tanto se identifica quanto não se identifica com as mulheres rastejantes que a cercam em suas alucinações. Elas rastejam para fora do papel, ao longo dos caramanchões e das alamedas, e também pelos caminhos. As mulheres devem rastejar. A narradora sabe disso. Ela lutou o melhor que pôde contra isso. Em sua perceptividade e resistência reside seu heroísmo (seu heroinismo). Mas no final da história, em seu último dia na casa, à medida que arranca metros e metros do papel de parede e rasteja pelo chão, ela é derrotada. Está completamente louca.

Do seu jeito louco-são, porém, viu a situação das mulheres exatamente pelo que ela é. Ela queria estrangular a mulher atrás do papel — amarrá-la com uma corda. Porque essa mulher, o trágico produto de sua sociedade, é naturalmente o próprio eu da narradora. E, ao rejeitar essa mulher, ela poderia libertar a outra, aprisionada dentro de si mesma. A única rejeição disponível, contudo, é o suicídio, e assim ela cai numa espiral de loucura. A loucura é sua única liberdade, conforme, rastejando pelo quarto, grita para o marido que finalmente conseguiu "sair" — do papel de parede — e não pode ser colocada de volta.[19]

Um pouco antes dessa cena, a heroína morde a cama pregada no chão do quarto: uma excruciante prova de seu senso de aprisionamento. A mulher como prisioneira; a mulher como criança ou aleijada; a mulher, até mesmo, como um cultivo de fungos, quando em certo momento da narrativa a heroína descreve as mulheres que vê atrás do papel de parede como "cabeças estranguladas e olhos bulbosos e fungos bamboleantes". Essas imagens permeiam a história de Gilman. Se eram as imagens que os homens tinham das mulheres e, portanto, as imagens que as mulheres tinham de si mesmas, não espanta que a loucura e o suicídio adquiram grande dimensão na obra de escritoras do final do século XIX. "Demasiada Loucura é o mais divino Juízo [...] Demasiado Juízo, a mais severa Loucura", escrevera Emily Dickinson algumas décadas antes; e ela escolhera a solteirice como forma de rejeitar as "exigências" da sociedade em relação ao papel da mulher como esposa. Podemos pensar, também, em *The House of Mirth*, de Edith Wharton, com sua heroína, Lily Bart, "algemada" pelos braceletes que usa. Criada como um item decorativo, sem habilidades ou instrução, Lily deve encontrar um marido se quiser ter alguma segurança financeira. Seus braceletes, destinados a incitar jovens solteiros, são na verdade as correntes que a prendem. Lily luta contra seu destino, tentando preservar sua independência e integridade moral. No final, no entanto, comete suicídio.

Suicídios como o de Lily, ou da heroína de Kate Chopin, assim como a loucura que se abate sobre a heroína de *O papel de parede amarelo*, são acusações dramáticas e deliberadas, feitas por escritoras, às pressões sociais incapacitantes impostas às mulheres no século XIX, e também aos sofrimentos que eram obrigadas a suportar: o fato de não poderem frequentar a universidade, embora seus irmãos pudessem; a expectativa de que dedicassem suas vidas aos pais doentes e idosos; o fato de serem tratadas como brinquedos ou como crianças e de por conta disso perderem grande parte de sua autoconfiança. É a toda essa classe de mulheres derrotadas, ou mesmo aniquiladas, a todo esse grande *corpus* de talento desperdiçado, ou semidesperdiçado, que se dirige *O papel de parede amarelo*.

A heroína de *O papel de parede amarelo* está aniquilada. Ela lutou o melhor que pôde contra o marido, o irmão, o médico, e até mesmo contra as amigas (sua cunhada, por exemplo, é uma "dona de casa primorosa e entusiasmada, e não aspira a uma ocupação melhor"). Tentou, em desafio a todos os códigos sociais e médicos de seu tempo, preservar a sanidade e a individualidade. Mas as probabilidades não jogam a seu favor, e ela fracassa.

Charlotte Perkins Stetson Gilman não fracassou. Ela foi arruinada, prejudicada, como a heroína de sua história, pelas atitudes da sociedade em relação às mulheres. Mas, depois de escrever o conto, transcendeu o destino da heroína — embora jamais venhamos a saber a que custo interior. Ela seguiu em frente e conseguiu, através do próprio esforço, estabelecer uma notória carreira como professora e escritora feminista. Da década de 1890 até por volta de 1920, foi uma palestrante requisitada tanto nos Estados Unidos quanto no exterior, onde seus livros foram lidos. Os livros, sobretudo *Women and Economics*, atacavam o sistema social e econômico que escravizava e humilhava as mulheres. Ela foi inflexível quanto a essa escravidão e humilhação, como mostram algumas de suas metáforas mais marcantes.

Que as mulheres são sustentadas, como cavalos:

O trabalho das mulheres dentro de casa sem dúvida permite aos homens produzir mais riqueza do que normalmente conseguiriam; e desta forma as mulheres têm papel econômico ativo na sociedade. Mas o mesmo vale para os cavalos. O trabalho dos cavalos permite aos homens produzir mais riqueza do que normalmente conseguiriam. Os cavalos têm papel econômico ativo na sociedade, mas não têm independência financeira, assim como as mulheres.[20]

Que as mulheres são usadas como vacas:

A vaca selvagem é uma fêmea. Ela tem bezerros saudáveis e leite suficiente para eles. E essa é toda a feminilidade de que precisa. Do contrário, ela é bovina em vez de feminina. É uma criatura leve, forte, veloz e resistente, capaz de correr, saltar e lutar, se necessário. Nós, com propósitos econômicos, desenvolvemos artificialmente sua capacidade de produzir leite. A vaca se tornou uma máquina ambulante de produzir leite, criada e guiada para esse fim expresso, seu valor medido em galões.[21]

O *status* doméstico inefetivo das mulheres foi alvo de alguns dos ataques mais fortes de Gilman. Como ela afirmou em outra passagem de *Women and Economics*, o mesmo mundo existe para as mulheres e para os homens,

as mesmas energias e os mesmos desejos humanos e ambições interiores. Mas tudo que ela pode desejar ter, tudo que pode desejar fazer, deve vir através de um único canal e uma única escolha. Riqueza, poder, distinção social, fama — assim como casa e felicidade, reputação, tranquilidade e prazer, seu próprio pão com manteiga — devem todos chegar a ela através de um pequeno anel de ouro.[22]

Os prejuízos causados às mulheres em decorrência de estarem algemadas a esse pequeno anel de ouro são explorados em detalhe por Gilman. As mulheres são criadas para o casamento, mas não podem buscá-lo de maneira ativa, devendo esperar passivamente que sejam escolhidas. O resultado é a tensão e a hipocrisia, e uma ênfase excessiva no sexo ou na "feminilidade". "Pois, em sua posição de dependência econômica dentro da relação de gênero, a distinção de sexo é para ela não apenas um meio de atrair um parceiro, como acontece com todas as criaturas, mas um meio de extrair seu próprio sustento, o que não acontece com nenhuma outra criatura sob o firmamento."[23]

Gilman não se opunha ao lar nem ao trabalho doméstico. Ela de fato acreditava que o lar tendia a produzir qualidades necessárias para o desenvolvimento da raça humana, tais como gentileza e carinho. Mas sua abordagem progressista da mudança social lhe permitia ver que a instituição do lar não se desenvolvera em consonância com o desenvolvimento de outras instituições da sociedade. Mulheres e crianças eram aprisionadas dentro de suas casas, onde a independência econômica feminina não tinha reconhecimento e as crianças com frequência sufocavam, sendo "observadas, examinadas, [sendo alvo de] comentários e incessantes interferências [...] Como é possível que cresçam sem prejuízo?".[24] Porque no lar como então estabelecido, argumentava ela, não podia haver liberdade nem igualdade. Em vez disso, havia a "propriedade": um pai dominante, uma mãe mais ou menos subserviente e uma criança inteiramente dependente. A injustiça, e não a justiça, era o resultado.

Em seu ataque à família nuclear, portanto, Gilman antecipou muitas queixas da atualidade. Ou, em outras palavras, mais de meio século depois de ter começado sua campanha contra a posição de subserviência das mulheres, ainda enfrentamos os mesmos problemas que ela diagnosticou e descreveu.

As soluções sugeridas por Gilman incluíam cozinhas comunitárias, de modo que o trabalho de cozinhar fosse realizado de maneira mais eficiente e social, liberando as mulheres pouco versadas nesta habilidade em particular para outras ocupações, mas ao mesmo tempo conferindo respeitabilidade econômica à atividade; e centros de cuidados infantis — mesmo que fossem apenas espaços murados para brincar, nos terraços de prédios residenciais —, para libertar as crianças e as mães da tirania da família nuclear.

O trabalho deve ser respeitado: este era um dos princípios básicos de Gilman. Mas as mulheres deveriam ser admitidas no mundo do trabalho em condições de igualdade com os homens. O trabalho doméstico que elas realizam devia ser respeitado, e elas deviam ser livres para realizar outros tipos de trabalho também. Gilman acreditava no progresso humano contínuo (chegou a escrever um romance utópico, *Moving the Mountain*, no qual as mulheres haviam alcançado verdadeira igualdade em relação aos homens) e via a situação das mulheres no século XIX como um obstáculo a esse progresso, e ao seu próprio desenvolvimento. Pois rotular seres humanos como cavalos, vacas ou objetos sexuais significava empobrecer não só eles próprios, mas a sociedade humana como um todo.

Ela mesma se recusou a ser detida por obstáculos desse tipo. Em 1900, casou-se com um primo, George Houghton Gilman, e continuou a trabalhar até o dia em que optou pela própria morte. Sofrendo de câncer de mama, ela não quis ser um fardo para os outros. Tomou clorofórmio e morreu. Foi a última escolha que fez.

Notas

1. William Dean Howells (org.). *The Great Modern American Stories*. Nova York: Boni and Liveright, 1920. p. vii.
2. Carl Degler (org.). *Women and Economics*. Nova York: Harper and Row, 1966. p. xiii.
3. Leslie Y. Rabkin (org.). *Psychopathology and Literature*. San Francisco: Chandler Publications, 1966; Elaine Gottlieb Hemley e Jack Matthews (orgs.). *The Writer's Signature: Idea in Story and Essay*. Glenview, Ill.: Scott, Foresman, Co., 1972; Gail Parker (org.), *The Oven Birds: American Women on Womanhood, 1820-1920*. Garden City, NY: Anchor Books, 1972. A última dessas antologias é a única que insere O *papel de parede amarelo* no contexto da luta das mulheres norte-

-americanas pela autoexpressão, além da expressão social e política. No entanto, o tratamento dispensado a Gilman pela Dra. Parker em sua introdução é negativo e por vezes factualmente duvidoso. Ela tampouco discute a história em maiores detalhes.
4. Charlotte Perkins Gilman. *The Living of Charlotte Perkins Gilman. An Autobiography.* Nova York: D. Appleton-Century Co., 1935. p. 119.
5. *Ibidem*, p. 120. É interessante notar que o autor dessa carta atribui o problema da heroína a "uma *herança* de desarranjo mental" (grifo meu).
6. *Ibidem*.
7. A partir de 1973 foram encontradas resenhas da história relativas à edição de 1899 que revelam alguma compreensão da política sexual do conto. Ver Julie Bates Dock et al., "'But One Expects That': Charlotte Perkins Gilman's 'The Yellow Wallpaper' and the Shifting Light of Scholarship", *PMLA*, jan. 1996, III, 1, p. 52-65.
8. *The Living of Charlotte Perkins Gilman*, p. 5. "Se a opinião do médico foi a razão [para o pai abandonar a família] ou simplesmente uma razão, é algo que não sei", escreve Gilman em sua autobiografia.

9. *Ibidem*, p. 44.
10. *Ibidem*.
11. *Ibidem*, p. 45.
12. *Ibidem*, p. 61.
13. *Ibidem*, p. 82, 83.
14. *Ibidem*, p. 83 (grifo meu).
15. *Ibidem*, p. 83, 87-88, 89, 91.
16. *Ibidem*, p. 96.
17. *Ibidem*.
18. Ver p. 21.
19. Nesse ponto, ao final do conto, Gilman faz sua narradora dizer ao marido: "Finalmente consegui sair [...] apesar de você e de Jane!". Como não há nenhuma menção no conto a qualquer "Jane", a referência gera especulações. É possível que se trate apenas de um erro de impressão, uma vez que há na história tanto uma Julia quanto uma Jennie. (Jennie é a governanta e funciona como guardiã/captora da heroína, e Julia é uma parente sem importância.) Mas é possível também que Gilman se refira aqui à própria narradora, à percepção que esta tem de haver escapado tanto do marido como dela mesma, "Jane": isto é, livre de si mesma tal como definida pelo casamento e pela sociedade. Desde a publicação original deste

posfácio, em 1973, alguns leitores sugeriram que "Jane" é uma referência à governanta, Jennie, uma vez que "Jennie" era uma alcunha para "Jane" no século XIX.
20. *Women and Economics*, p. 13.
21. *Ibidem*, p. 43-44.
22. *Ibidem*, p. 71.
23. *Ibidem*, p. 38.
24. *The Home: Its Work and Influence*. (Nova York: Charlton Co., 1910), p. 40-41.

Este livro foi composto na tipografia
Sabon LT Std, em corpo 12/17, e impresso em
papel off-white no Sistema Digital Instant Duplex
da Divisão Gráfica da Distribuidora Record.